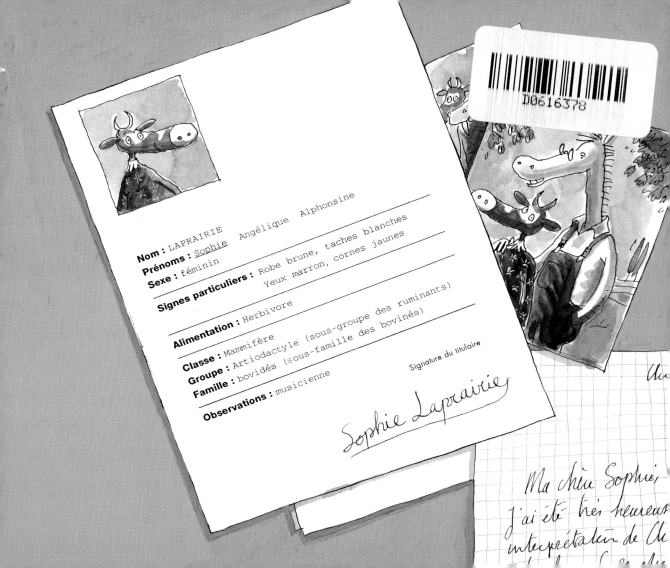

Nom : LAPRAIRIE

Prénoms : Sophie Angélique Alphonsine

Sexe : féminin

Signes particuliers : Robe brune, taches blanches
Yeux marron, cornes jaunes

Alimentation : Herbivore

Classe : Mammifère
Groupe : Artiodactyle (sous-groupe des ruminants)
Famille : bovidés (sous-famille des bovinés)

Observations : musicienne

Signature du titulaire

Sophie Laprairie

D0616378

Ma chère Sophie,
J'ai été très heureux
interprétation de ...

À mon frère Éric

Première édition dans la collection *lutin poche* : février 2001
© 1999, Kaléidoscope, Paris
Loi numéro 49 956 du 16 juillet 1949 sur les publications
destinées à la jeunesse : septembre 1999
Dépôt légal : février 2001
Imprimé en France par Pollina s.a., 85400 Luçon, n°L82666

Geoffroy de Pennart

Sophie la vache musicienne

Kaléidoscope
lutin poche de l'école des loisirs
11, rue de Sèvres, Paris 6ᵉ

Sophie vit à la campagne. Très musicienne, elle adore chanter
et charme sa famille et tous ses amis par ses petits concerts.

Un jour, un grand concours de musique est organisé.
Tous les orchestres du pays sont conviés à y participer.

« J'ai envie de tenter ma chance », déclare Sophie à ses amis.
« Je parviendrai peut-être à me faire engager dans un orchestre. »
« Tu veux partir pour la grande ville ? » s'inquiète sa mère.
« Tu veux nous quitter ! » s'exclame son père.
« Et nos concerts du soir ? » s'attristent ses amis.

« Écoutez, dit Georges le vieux cheval,
nous sommes tous un peu inquiets. Mais Sophie a raison :
elle doit essayer, elle a du talent et elle réussira. »

Georges a été convaincant.
Le matin du départ, tous accompagnent Sophie à la gare …

… Enfin, la grande ville !

Sophie achète un journal
et un plan de la ville,
s'installe à la terrasse d'un bistrot
et consulte les petites annonces :
beaucoup d'orchestres recherchent
des musiciens.
« Voyons, voyons. Hum, celui-ci,
Le Grand Orchestre du Sourire Étincelant,
est tout près d'ici.
Quel drôle de nom ! Eh bien, allons-y… »

«Vous venez pour la place ? En principe,
nous n'engageons pas d'herbivores, mais entrez, entrez…»

Sophie s'enfuit à toutes jambes.
« Je dois faire plus attention
aux noms des orchestres, se dit-elle.
Ah ! *Les Herbivores Mélomanes*.
Je suis herbivore, allons-y… »

«Vous venez pour la place ?
Désolé, ma chère, vous ne faites pas le poids ! »

« Qu'est-ce que le poids vient faire avec la musique, s'exclame Sophie. Hum ! *Harmonie Royale des Ruminants*. Je rumine, allons-y… »

«Vous venez pour la place ?
Désolée, ma chère, je crains que vous ne soyez pas à la hauteur ! »

« Qu'est-ce que la taille vient faire
avec la musique, s'indigne Sophie.
Ah ! *Cercle Musical des Bêtes à Cornes*.
J'ai des cornes, allons-y… »

«Vous venez pour la place ?
Désolé, ma chère, il y a cornes et cornes…»

« Qu'est-ce que les cornes
viennent faire avec la musique,
se fâche Sophie.
Ensemble Orchestral Bovin.
Je suis une bovine, allons-y… »

« Pouah ! Pas de vaches brunes chez nous ! »

« Qu'est-ce que la couleur vient faire
avec la musique, s'emporte Sophie.
Ah ! *Les Bovidés Musiciens*.
Je suis une bovidée, allons-y… »

«Vous venez pour la place ? Naavrée maa chèère, je crains que vous ne soyez pas assez chic pour nôtre ôrchestre.»

« Quelle bande de snobinardes,
fulmine Sophie.
Qu'est-ce que l'élégance
vient faire avec la musique ! »
Elle reprend son journal.
« Ah, *Grand Orchestre des Vaches Folles*.
Je suis une vache et je suis folle de rage ! Allons-y… »

«Vous venez pour la place ? Entrez, entrez, plus on est de fous, plus on rit … »
« Heu, je crois que je me suis trompée d'adresse », bredouille Sophie.

Sophie est découragée.
Orchestre Royal Canin, Les Matous Ronronnants,
ce n'est même pas la peine d'essayer…
« Il ne me reste plus qu'à retourner chez moi. »

Toute triste, elle s'assoit à la terrasse du café de la gare. « Eh bien, ma petite dame, ça n'a pas l'air d'aller ? » s'inquiète le garçon.

Sophie lui raconte ses malheurs.
« Oh ! Ça ne m'étonne pas, ma petite dame. Tous ces orchestres sont nuls,
ils n'aiment pas vraiment la musique. Moi-même, qui suis musicien,
j'ai connu ça : je n'avais pas les poils assez longs ou assez courts ;
j'avais les oreilles trop pendantes, le museau trop pointu ;
je n'avais pas la bonne taille, la bonne couleur, le bon pedigree… »

« Alors, pourquoi ne pas former un orchestre ensemble ?
Nous n'engagerions les gens que sur leur talent ! Je me présente : Sophie. »
« Topez là, ma petite dame ! Moi, c'est Douglas. »
« Ne m'appelez plus 'ma petite dame', Douglas, et ce sera parfait. »

L'HARMONIE ROYALE DES RUMINANTS propose une place de chanteuse. Les candidats peuvent se présenter aujourd'hui au 93 av. de la Grande Perche

LE CERCLE MUSICAL DES BÊTES À CORNES engagent des instrumentistes. Auditions au siège de l'orchestre, au 23 bd Labiche

L'ENSEMBLE ORCHESTRAL BOVIN, engage des musiciens et des musiciennes, 3 rue de l'Échiquier

LES HERBIVORES MÉLOMANES recrutent. Se présenter 36, rue de la Tonne.

En vue de créer un orchestre pour participer au concours, **SOPHIE ET DOUGLAS** cherchent des **bons musiciens**. Toutes les candidatures seront examinées. Auditions ce jour, à partir de 10h. chez Douglas 2, rue Jean Toutou

LE GRAND ORCHESTRE DU SOURIRE ETINCELANT engage des musiciens Prière de s'adresser à M. Dentdure, 8 bis rue de la Machoire.

LE GRAND ORCHESTRE DES VACHES FOLLES serait fou de joie de vous auditionner aujourd'hui au 77, rue de l'Entonnoir.

ORCHESTRE ROYAL CANIN Les musiciens qui ont du chien peuvent venir postuler pour une place. 8, rue du Chat-qui-Pète.

LES BOVIDÉS MUSICIENS sont à la recherche de musiciens. Bonne présentation exigée. 1, r. du Pot de Chambre

Sophie et Douglas ont passé une annonce dans le journal,

et les candidats affluent.

Tous deux prennent le temps de les écouter très attentivement.
Bientôt, ils engagent…

Quatre excellents musiciens.

Sophie a baptisé leur groupe *Les Amis de la Musique*. Et, bien évidemment,

ils ont gagné le concours.